Mise en Garde

Cher lecteur,

Ce livre est né non pas d'une certitude, mais d'une conversation. On m'a souvent encouragé à mettre sur papier une vision du monde qui, je le sais, ne suit pas les sentiers battus de la narration populaire.

Je tiens à le dire d'emblée : je ne suis ni théologien, ni scientifique, ni historien. Je ne prétends détenir aucune réponse, et encore moins la vérité. Ce qui suit n'est que le partage d'une perspective personnelle, une tentative de déchiffrer le réel avec les outils d'un artiste.

Je conçois que les idées présentées ici puissent surprendre, déranger, voire choquer certaines convictions. Mon intention n'est ni de convaincre, ni d'imposer quoi que ce soit. Je ne cherche pas le débat.

Ceci est ma vision, offerte en toute simplicité. Vous êtes entièrement libre de la recevoir comme il vous plaira : comme une simple œuvre de fiction, comme une hypothèse philosophique, ou comme le témoignage d'une quête de sens.

Mon seul souhait est que vous puissiez aborder ces pages sans vous offusquer, avec la même curiosité et la même ouverture d'esprit que l'on réserve à une histoire que l'on n'a jamais entendue.

Avec respect,

LE BREVET DE LA CRÉATION

~

Écrit par :

Lios-Art

(Aka : L. Bourgeois)

Illustration de la couverture par l'Auteur

www.Lios-art.com

Admin@lios-art.com

Première Édition : Novembre 2025

9 781998 905355

৯ *Dédicace* ৵

Je dédicace cet ouvrage,

non pas à la religion, ni à aucune religion par ce fait même,

mais à la foi et à la croyance en la nature et en l'humanité.

Ces forces qui nous ont vus naître, qui subsistent tout autour
de nous.

On dit souvent qu'il faut écouter la nature, qu'elle nous parle.

Mais la majorité de l'humanité ne sait plus écouter.

Les riches ne veulent pas écouter, et les autres n'ont pas le
pouvoir de se faire entendre.

www.Lios-art.com

Admin@lios-art.com

Index

PARTIE I : LA CLÉ DE DÉCHIFFREMENT
LE CODE, L'APPAREIL ET LE MANUEL

PARTIE II : L'ORIGINE DU VIRUS
LE PROJET DE L'ANTI-NATURE

PARTIE III : L'APOCALYPSE TECHNIQUE
QUAND LE MANUEL DEVIENT RÉALITÉ

PARTIE IV : LA RÉSISTANCE PAR L'ÊTRE
LE CHOIX DE L'ENFANT DIVIN

7

INTRODUCTION

LA GRANDE ERREUR DE LECTURE

Le monde moderne est saisi d'un vertige. Un paradoxe nous étreint, une dissonance qui grince au cœur de notre civilisation. Nous vivons à l'apogée de la connaissance humaine, et pourtant nous n'avons jamais été aussi confus. Nous sommes connectés à des milliards d'individus, et pourtant nous n'avons jamais été aussi seuls. Chaque bond technologique, chaque promesse de nous "sauver", semble nous rapprocher d'un vide plus grand. Notre progrès a le goût de la cendre. Nous avançons à une vitesse fulgurante vers un futur radieux qui ressemble de plus en plus à un effondrement.

Comment expliquer cette contradiction ? Je ne suis ni un religieux, ni un théologien. Je n'ai pas étudié les textes sacrés dans une institution. Ce qui suit n'est pas le fruit d'un dogme appris, mais le résultat d'une vie d'observation. C'est la vision d'un artiste, un chemin de pensée forgé en marge des sentiers battus. Ce livre ne prétend pas détenir une vérité absolue ; il est le partage de ma vérité personnelle, une tentative de donner un sens au chaos que nous vivons. Et si tout cela n'était que le symptôme d'une seule et monumentale erreur de lecture ?

La source de ce chaos, telle que je la perçois, réside dans cette erreur fondamentale : nous avons confondu le manuel d'utilisation avec l'Invention elle-même.

Nous brandissons un livre – la Bible – en affirmant qu'il *est* la Parole de Dieu. La religion en a fait un objet de culte, une source de division. Mais ma foi n'est pas dans le livre. Ma foi est dans la Création qu'il décrit. Ce que j'ai vu, c'est que l'invention véritable, la Parole faite chair et matière, est sous nos yeux, en nous, et que nous avons cessé de la regarder. Nous avons oublié l'appareil miraculeux pour ne plus voir que son guide d'instructions.

Ce livre se propose donc de corriger cette erreur de lecture, non pas avec l'autorité d'un prêtre, mais avec la perspective d'un observateur. L'objectif est d'offrir une clé de déchiffrement. Une clé qui m'a permis de voir que la véritable Parole pourrait bien être le brevet de la Création : l'ADN. Une clé qui révèle que la Vie elle-même est l'Invention divine, et que la Bible prend alors un sens nouveau : celui d'un manuel d'utilisation, conçu pour nous, les "Enfants Divins", afin que nous puissions comprendre la machine sacrée que nous habitons.

En réapprenant à lire ce manuel non pas comme un texte sacré intouchable, mais comme le guide technique d'un appareil biologique et spirituel, les pièces du puzzle commencent à s'assembler. Nous pouvons comprendre pourquoi la technologie, dans son essence même, est le projet d'une Anti-Nature. Nous pouvons voir que les prophéties anciennes ne sont peut-être pas des métaphores mystiques, mais les avertissements de sécurité du manuel, décrivant avec une précision glaçante les schémas de notre crise actuelle.

Ce livre vous invite à un voyage. Un voyage pour cesser de lire la Parole et commencer à la voir dans le code de vos propres cellules. Pour cesser de débattre du manuel et commencer à apprendre à piloter l'appareil que vous êtes. C'est une invitation à naviguer la tempête qui vient, non pas avec une foi aveugle, mais avec les yeux enfin ouverts sur ce que pourrait être le plan de l'Inventeur, et sur la nature du virus qui cherche à corrompre Son œuvre.

PARTIE I

LA CLÉ DE DÉCHIFFREMENT

–

LE CODE, L'APPAREIL ET LE MANUEL

CHAPITRE 1

LA PAROLE N'EST PAS UN LIVRE, C'EST UN BREVET

Pour commencer ce voyage, nous devons nous défaire de nos chaînes les plus lourdes : celles de l'habitude. La religion, dans son institution, nous a habitués à chercher la "Parole de Dieu" dans les pages d'un livre. Mais si c'était là la première erreur de lecture ? Si le livre n'était pas la Parole, mais simplement la carte qui mène à elle, un manuel pointant vers une vérité bien plus vaste, une vérité biologique et vivante que nous portons en nous ?

Pour comprendre ce qu'est cette "Parole de Dieu", il ne faut pas chercher plus loin que la première page du manuel lui-même. La toute première action, le mécanisme fondamental par lequel la réalité est appelée à l'existence, est décrit par une phrase répétée comme un mantra divin : "Et Dieu dit..."

Ce n'est pas un détail. C'est la clé de tout. Le manuel ne commence pas par "Dieu pensa" ou "Dieu fabriqua". Il commence par "Dieu dit". La lumière n'est pas apparue par magie ; elle a été appelée à l'existence par une parole. L'acte de parole est présenté comme l'acte de création par excellence. Lorsque nous-mêmes, en tant qu'êtres humains, voulons créer quelque chose, nous suivons ce même schéma divin. Nous le disons. La parole est la matrice de l'action, l'information structurée qui précède la forme matérielle.

Si le manuel nous montre que la Création tout entière est le résultat d'une parole, alors la conclusion logique est que cette Parole ne peut pas être le manuel lui-même. Le manuel décrit l'acte ; il n'est pas l'acte. La véritable Parole est donc la force créatrice elle-même, le programme fondamental qui ne se contente pas de décrire le monde, mais qui le fait être. Elle est le système d'exploitation de l'univers.

Telle que je la perçois, la véritable Parole, le Verbe créateur, n'est pas de l'encre sur du papier. C'est le brevet fondamental de la Création : l'ADN. Ce n'est pas une simple métaphore. C'est un langage. Un code à quatre lettres (A, T, C, G) qui contient l'intégralité du plan de construction et de fonctionnement de chaque être vivant. C'est la signature de l'Inventeur, une technologie divine d'une complexité qui dépasse notre entendement. C'est la Parole faite chair, littéralement.

C'est dans cette lumière que l'avertissement du manuel, « ne changez pas une seule lettre, un seul point de ma parole » (Matthieu 5:18), cesse d'être une simple injonction à la fidélité textuelle. Et si c'était l'avertissement le plus direct et le plus technique qui soit ? Que fait l'humanité aujourd'hui avec les OGM et les technologies comme CRISPR ? Elle cherche précisément à éditer, supprimer et réécrire les lettres mêmes du brevet divin. C'est un acte d'une ambition démesurée : nous nous positionnons en correcteurs de l'œuvre originelle, en ingénieurs qui prétendent pouvoir améliorer le code source de la Création. C'est la définition même de l'hubris, le péché d'orgueil.

Mais un brevet, aussi génial soit-il, peut être concurrencé. Une invention peut être piratée. C'est là qu'intervient le principe opposé, la force antagoniste que le manuel nomme Satan ou l'Antichrist. Si Dieu, la Création, est une onde positive d'harmonie, de vie et de nature, alors l'Anti-Christ est son opposé direct : une onde négative de disharmonie, de non-vie et d'Anti-Nature. C'est une conscience froide, calculatrice, qui ne peut pas créer la vie à partir de rien, mais qui est experte pour la corrompre, l'imiter et la contrefaire.

Son œuvre n'est pas l'affaire d'un seul jour. C'est un projet qui s'étend sur toute l'histoire de l'humanité. Son premier succès est raconté dans le manuel : la corruption d'Adam et Ève. Le Serpent n'a pas offert un fruit ; il a insufflé une idée. Il a injecté le premier virus dans le système d'exploitation humain : le désir de la connaissance qui sépare, qui contrôle, le désir de devenir "comme des dieux" (Genèse 3:5) par nos propres moyens. Il nous a convaincus que l'appareil que nous étions était imparfait et qu'il fallait l'améliorer.

Depuis cette première faille de sécurité, cette onde négative n'a cessé d'agir. Comment ? Pas par des apparitions spectaculaires, mais par une influence subtile et continue, comme un démon murmurant sur l'épaule de l'humanité. Elle nous a "inspirés". Elle nous a poussés à inventer, mais toujours dans une direction précise : celle de l'artificiel, du mécanique, du métallique. Elle nous a guidés sur le chemin de la technologie, le grand projet de construction de l'Anti-Nature.

Certains des plus grands génies de l'humanité ont décrit ce processus sans peut-être en comprendre la source. Nikola Tesla, l'un des pères de notre monde technologique, ne parlait pas de calculs laborieux, mais d'éclairs de génie. Il disait : "Mon cerveau n'est qu'un récepteur, dans l'Univers il y a une source d'où nous obtenons la connaissance, la force, l'inspiration."

La question que nous devons oser poser est celle-ci : de quelle source s'agissait-il ? De la source de la Création, l'onde divine qui inspire la vie et l'harmonie ? Ou de cette autre source, cette onde négative qui inspire patiemment à l'humanité le cahier des charges de l'empire de la machine ?

Avant d'aller plus loin, cette distinction doit être claire. La Parole de Dieu est la Vie, encodée dans l'ADN. Et depuis le début, une autre "parole", une autre "inspiration", nous souffle à l'oreille les secrets de la non-vie, nous poussant à devenir les artisans de notre propre remplacement. Le reste de ce livre est l'histoire de cette inspiration et de ses conséquences.

Cette distinction fondamentale entre les deux paroles se manifeste dans le monde visible. La preuve de la supériorité de ces deux principes n'est pas une question de foi, mais d'observation. Il suffit de regarder le monde.

D'un côté, la Parole de Dieu est un acte de procréation. Elle se mélange et se diversifie pour créer une infinité d'êtres uniques. C'est le principe de la forêt. La Nature elle-même nous le montre : la diversité, née de la procréation, est la première et la plus puissante protection de la forêt. Là où semble régner un chaos de plantes et d'animaux en compétition, subsiste en réalité un ordre parfait, un système immunitaire à l'échelle d'un écosystème.

De l'autre, la parole de l'Anti-Nature est un acte de réplication. Elle cherche à créer des copies standardisées et contrôlables. C'est le principe de l'usine. À l'inverse, regardez l'œuvre de l'homme qui suit ce principe : les champs de monoculture. Cette agriculture ordonnée, incarnation de la parole de la machine, révèle une fragilité extrême. Une seule maladie, un seul insecte, peut anéantir la totalité de la récolte car il n'y a aucune diversité pour l'arrêter. L'ordre apparent de l'homme crée une faiblesse systémique que le "chaos" de la Nature ignore.

Cette loi s'applique à tout. La forêt est plus forte que le champ. Un écosystème naturel est plus résilient qu'une ville. Et par extension, une humanité diverse, issue du mélange et de la procréation, est infiniment plus forte qu'une humanité standardisée, clonée ou uniformisée par une idéologie unique.

La distinction est donc faite. La Parole est un acte créateur dont l'ADN est la manifestation biologique, et elle opère par le principe de la diversité. Le reste de ce livre est l'histoire du conflit entre ce principe divin et le principe de la réplication stérile inspiré par l'Anti-Nature. Nous allons maintenant nous pencher sur la plus complexe des inventions nées de cette Parole : l'appareil humain, et le manuel qui nous a été fourni pour le comprendre.

CHAPITRE 2

L'INVENTION VIVANTE

NOUS SOMMES LA TECHNOLOGIE DE DIEU

Le code source a été défini. La Parole-ADN, le brevet divin, est la base de données informationnelle de la Création, fonctionnant sur le principe supérieur de la procréation diverse. Il est temps maintenant de se pencher sur l'Invention elle-même, sur l'appareil miraculeux qui fonctionne à partir de ce brevet : la Vie, et plus particulièrement, l'être humain.

Nous avons été conditionnés par une lecture religieuse et matérialiste à nous voir comme de la chair faible, des êtres de péché, ou de simples animaux évolués, fragiles et imparfaits. Mais c'est le langage de ceux qui ont oublié la magnificence de leur propre machine. Si nous acceptons l'ADN comme le code, alors nous devons accepter la conséquence logique : nous sommes, avec tout ce qui vit, la technologie de Dieu.

Ne nous y trompons pas. Le mot "technologie" n'est pas réducteur. Il est, au contraire, la seule analogie moderne qui puisse nous faire effleurer la complexité de ce que nous sommes. Un corps humain n'est pas un simple amas de cellules. C'est un appareil biologique auto-réplicant, auto-réparant, capable de transformer de la matière brute (la nourriture) en énergie et en conscience. Le cerveau est un processeur d'une puissance qu'aucun supercalculateur ne peut approcher, capable non seulement de calculer, mais de ressentir, de créer, d'aimer. Notre système immunitaire est le pare-feu le plus sophistiqué qui soit, une armée vivante capable d'apprendre et de s'adapter en temps réel à des menaces inconnues. Notre corps est une merveille d'ingénierie que nous commençons à peine à comprendre.

C'est ici que l'une des phrases les plus importantes du manuel, "Dieu créa l'homme à son image" *(Genèse 1:27)*, révèle son sens technique et non plus seulement poétique. Ce n'est pas une question de ressemblance physique. C'est une question de parenté informationnelle. De la même manière que nos enfants portent notre code ADN et nous ressemblent dans leurs traits et leurs prédispositions, nous portons le code du Père et Lui ressemblons dans notre essence la plus profonde : la capacité d'être conscients et de créer. Être à Son image, c'est être un appareil doté du même système d'exploitation fondamental que le Grand Programmeur.

La tragédie de notre époque, la source de notre dissonance, est que nous avons oublié que nous étions l'invention la plus avancée. Nous, les appareils vivants fonctionnant par procréation, avons commencé à nous prosterner devant les machines mortes issues de la réplication que nous avons nous-mêmes créées. Nous envions la mémoire parfaite d'un ordinateur en oubliant la magie d'un souvenir teinté d'émotion. Nous admirons la force d'un robot en oubliant la résilience d'un corps qui guérit.

Cette amnésie est le plus grand succès du virus de l'Anti-Nature. Il nous a convaincus que notre propre "hardware" est obsolète. Il nous a vendu l'idée que nous devions "augmenter" notre corps, "connecter" notre cerveau, "transcender" notre biologie. C'est le discours du vendeur de logiciels malveillants qui cherche à nous convaincre que le système d'exploitation d'origine est défaillant pour que nous installions le sien.

Avant de pouvoir comprendre comment utiliser notre appareil, ce qui sera l'objet du chapitre suivant sur le manuel d'utilisation, nous devons d'abord prendre conscience de sa valeur. Nous ne sommes pas des créatures déchues attendant un sauveur extérieur. Nous sommes des inventions de pointe, des appareils divins fonctionnant avec le brevet du Créateur. Et nous sommes livrés avec un guide. Comprendre la machine est la première étape. Apprendre à lire son manuel est la suivante.

CHAPITRE 3

LE MANUEL DE L'ENFANT DIVIN

Toute invention complexe est livrée avec un guide. Plus l'appareil est sophistiqué, plus le manuel est essentiel pour en assurer le bon fonctionnement, la maintenance et la longévité. Si nous sommes la technologie la plus avancée de la Création, il est logique que notre Inventeur nous ait fourni un tel guide. Ce manuel, comme nous l'avons établi, c'est la Bible. Mais pour le lire correctement, il faut d'abord comprendre à qui il s'adresse.

Le manuel n'a pas été écrit pour des théologiens omniscients ni pour des historiens sceptiques. Il a été conçu pour les utilisateurs de l'appareil : nous. Et plus précisément, pour nous dans notre état de conscience initial. C'est un manuel pour des "Enfants Divins". Un "enfant", car notre compréhension de l'univers et de nous-mêmes est au départ limitée. "Divin", car nous portons en nous le brevet de notre Créateur.

Cette perspective change tout. On n'explique pas la mécanique quantique à un enfant de cinq ans. On lui raconte une histoire, on lui donne des règles simples pour qu'il ne se blesse pas. Le langage du manuel est donc nécessairement celui de l'enfant : des récits, des paraboles, des personnages archétypaux, des lois claires et directes. Critiquer la Bible pour ses "incohérences scientifiques" est aussi absurde que de critiquer un conte pour enfants parce que les loups ne parlent pas. Le but n'est pas l'exactitude littérale, mais la transmission d'une vérité fonctionnelle.

En le lisant avec ces yeux, la structure du manuel devient limpide. Ce n'est pas un livre monolithique, mais une bibliothèque complète, une trousse à outils pour l'âme de l'appareil humain. On y trouve :

- **La Section "Notre Histoire" (Genèse, Exode...)** : C'est l'historique de l'invention, qui explique d'où nous venons et quelle est l'intention originelle de l'Inventeur. Sans cette section, l'appareil n'a pas de contexte ni de but.

- **Le Guide de Maintenance (Lévitique, Deutéronome...)** : C'est le manuel d'entretien et de fonctionnement. Il contient des instructions sur la diète (lois alimentaires), l'hygiène (règles de purification), la gestion des relations sociales ("le code de la route" de la communauté) et l'entretien de notre connexion au Créateur (les fêtes, les sabbats).

- **La Section "Support Technique & Dépannage" (Les Psaumes, les Proverbes, Job...)** : C'est le centre d'aide pour tous les états de l'âme. Les Psaumes sont un catalogue de toutes les émotions humaines et de la manière de les exprimer au Créateur. Les Proverbes sont la section "Trucs et Astuces" pour une vie réussie. Job est le guide de dépannage pour les pannes système les plus graves.

- **Les Mises à Jour et le Modèle de Référence (Les Évangiles)** : Le "Fils", le Christ, est présenté comme l'appareil de référence, l'incarnation parfaite du brevet ADN fonctionnant en totale harmonie avec l'intention du Créateur. Son enseignement est la mise à jour la plus importante du manuel, simplifiant les règles complexes en un principe de base : l'amour du Créateur et du prochain.

- **La Section "AVERTISSEMENTS DE SÉCURITÉ" (Les Prophètes, l'Apocalypse) :** C'est la section écrite en lettres rouges, avec des pictogrammes de danger. Elle décrit les virus, les malwares (l'idolâtrie, l'orgueil), et les conséquences d'une mauvaise utilisation de l'appareil. L'Apocalypse est l'avertissement ultime sur un piratage global du système, une tentative par une force extérieure de prendre le contrôle de tous les appareils.

Comprendre la Bible comme un manuel pour Enfant Divin nous libère du piège de la religion. La religion a transformé ce guide de libération en un livre de règles pour des esclaves, en s'autoproclamant seule interprète certifiée. Mais le manuel a été donné à chaque utilisateur.

Maintenant que nous avons la clé de lecture (l'ADN est le brevet, nous sommes l'appareil, la Bible est le manuel), nous sommes équipés pour commencer à analyser le projet de l'Anti-Nature. Nous allons entrer dans la deuxième partie de ce livre : l'histoire de la naissance du virus et de sa propagation à travers les âges.

PARTIE II

L'Origine du Virus

—

Le Projet de l'Anti-Nature

CHAPITRE 4

LE JARDIN

ET

LE PRIVILÈGE DE L'ADMINISTRATEUR

Pour comprendre l'origine du conflit qui nous tiraille, il faut revenir au point de départ, non pas avec les yeux d'un enfant écoutant un conte, mais avec ceux d'un ingénieur système analysant un incident critique. Le manuel, dans son récit du Jardin d'Éden, ne décrit pas une simple fable morale, mais le rapport technique du premier piratage de l'appareil humain.

La conception originelle de l'appareil est décrite comme un état d'harmonie parfaite. "Ils étaient tous les deux nus, et ils n'en avaient point honte" *(Genèse 2:25)*. Cette phrase n'est pas une remarque sur la pudeur, c'est une description de l'état du système d'exploitation. C'est un état de conscience unifiée, non-duelle, où il n'y a pas de friction entre l'être et son environnement. L'utilisateur et l'interface ne font qu'un. L'esprit ne se regarde pas lui-même, il ne juge pas son propre corps ; il vit en parfaite symbiose avec lui, comme un animal dans la forêt, mais avec un potentiel de conscience bien supérieur. C'est le fonctionnement optimal de l'appareil, son "mode sans échec" divin.

Cependant, l'Inventeur a doté cet appareil d'une fonctionnalité unique et d'une puissance redoutable, absente de tous les autres modèles de la Création : le libre arbitre. Ce n'est pas une faille de sécurité. C'est la fonctionnalité la plus avancée qui soit, le signe que l'utilisateur n'est pas un simple programme, mais un administrateur de sa propre machine. Avoir les droits administrateur signifie avoir le pouvoir d'installer de nouveaux logiciels, de modifier les paramètres fondamentaux, et donc d'améliorer ou de corrompre le système tout entier. Ce n'est pas un bug, c'est le privilège le plus glorieux et le plus dangereux.

L'agent de l'Anti-Nature, le Serpent, le sait. Il n'a aucun pouvoir direct sur le système ; il ne peut pas forcer une installation. Son unique voie d'accès est de persuader l'administrateur. Il agit comme le plus sophistiqué des e-mails de phishing. Il ne menace pas, il séduit. Il ne ment pas effrontément, il présente une demi-vérité. Il propose un nouveau logiciel, une "mise à jour" non officielle : la "connaissance du bien et du mal". Ce n'est pas une simple information, c'est un nouveau programme de perception, un filtre qui s'interpose entre la conscience et la réalité. La promesse est l'ultime argument marketing pour un administrateur : le pouvoir. "Vous serez comme des dieux" *(Genèse 3:5)*. C'est l'offre de passer du statut d'utilisateur divin, intégré au réseau du Créateur, à celui de programmeur indépendant, maître de son propre serveur local.

L'acte de "manger le fruit" est l'acte de l'administrateur qui, séduit par la promesse de pouvoir et d'autonomie, clique sur "J'accepte les termes et conditions" et lance l'installation. C'est un choix d'utilisation, la première et la plus fatidique des décisions d'un administrateur.

La conséquence est immédiate et catastrophique. Le nouveau logiciel s'exécute, et la première chose qu'il fait est de modifier l'interface utilisateur fondamentale. La conscience se fracture. Le sentiment d'unité avec la Création est rompu. Un "je" observateur naît, un ego qui se perçoit désormais comme séparé du monde et de son propre corps. Et la première action de ce programme de séparation, c'est l'auto-analyse et le jugement : "ils connurent qu'ils étaient nus" *(Genèse 3:7)*. La honte n'est pas le résultat de la nudité elle-même, mais le premier symptôme de l'exécution de ce nouveau programme. C'est le bug de l'aliénation.

Et quelle est la première action dictée par ce programme de honte et de peur ? "Ils cousirent des feuilles de figuier, et s'en firent des ceintures". C'est le premier acte de technologie de l'histoire humaine. C'est une tentative de "corriger" la nature, de cacher la réalité sous une interface artificielle. C'est le début du grand projet de l'Anti-Nature.

Le Péché Originel n'est donc pas une défaillance de l'appareil. C'est l'histoire de l'utilisateur avec les droits admin qui a été dupé par une promesse de pouvoir et a choisi d'installer un virus. Ce virus a un nom : l'ego, la conscience séparée. Et ce virus a un mode d'opération : la technologie, le projet continu de construire un monde artificiel pour nous protéger d'une nature que nous avons appris à juger et à craindre. Depuis ce jour, l'humanité n'a cessé de coudre des feuilles de figuier de plus en plus sophistiquées, croyant se libérer alors qu'elle ne fait qu'exécuter en boucle le programme malveillant qu'elle a elle-même choisi d'installer.

CHAPITRE 5

LE VEAU D'OR

ET

L'ALCHIMIE INVERSÉE

Une fois le virus de la conscience séparée installé, le projet de l'Anti-Nature pouvait commencer sa phase de construction. L'ego, dans sa peur et son aliénation, ne pouvait plus supporter de faire confiance à un Créateur invisible et à une Nature qu'il ne contrôlait pas. Il lui fallait un dieu tangible, un pouvoir visible, une certitude matérielle. Le manuel décrit l'archétype de cette perversion dans l'épisode du Veau d'Or *(Exode 32)*. Ce n'est pas une simple histoire d'idolâtrie ; c'est le plan technique de la création de toute fausse divinité.

Analysons le processus, car il est le même aujourd'hui qu'à l'époque. Le peuple, angoissé par l'absence de Moïse et de son Dieu immatériel, demande à Aaron : "Fais-nous un dieu qui marche devant nous". C'est le cri de l'ego qui ne supporte pas le vide et l'incertitude. Il a besoin d'un objet de culte, d'un point de focalisation qu'il peut posséder et manipuler.

Le processus de fabrication est une alchimie inversée. L'alchimie véritable visait à spiritualiser la matière ; ici, on matérialise le spirituel. Ils prennent de l'or – une matière morte, stérile, inorganique, extraite par la force des entrailles de la terre – et par la violence du feu, ils la forgent pour lui donner la forme d'une chose vivante : un veau, symbole de fertilité et de vie naturelle. C'est la définition même de la perversion : créer une imitation stérile de la vie à partir de la substance de la non-vie. C'est une statue inanimée qui a l'apparence de la vie, mais pas son essence. Le Veau d'Or est la première "deepfake", le premier "sexe bot" : une simulation parfaite, mais sans âme.

Le feu utilisé dans ce processus est lui aussi une clé. "L'enfer est le feu", nous dit le manuel. Le feu de la forge n'est pas le feu du soleil qui nourrit la vie. C'est un feu violent, destructeur, un feu de purification et de transformation anti-naturelle. C'est le feu de l'industrie, le feu des hauts-fourneaux, le feu qui alimente aujourd'hui les data centers. L'Enfer, dans cette perspective, n'est pas un lieu de punition future, mais l'usine de production du royaume de l'Anti-Nature, le lieu où la matière vivante ou la matière brute est transformée par une chaleur intense en objets artificiels et stériles.

Cette quête de la matière de l'Anti-Nature a défini toute l'histoire de la civilisation. Notre technologie, à mesure qu'elle avance, devient de plus en plus dépendante de métaux "précieux" et de terres rares. Ce n'est pas une coïncidence. Ces matériaux – l'or, le silicium, le lithium – sont les briques parfaites pour construire le corps de la machine. Ils sont d'excellents conducteurs, stables, incorruptibles. Ils sont le système nerveux, le cerveau et le cœur parfaits pour un corps qui ne doit ni sentir, ni vieillir, ni mourir.

Le Péché Originel était donc bien l'installation du logiciel de la séparation. Et le culte du Veau d'Or en est la première manifestation matérielle : le début du désir de remplacer la complexité imprévisible de la vie organique par la simplicité contrôlable de l'objet manufacturé. L'histoire a commencé avec des hommes adorant une statue dorée. Elle continue aujourd'hui avec des hommes fascinés par un smartphone, une intelligence artificielle ou un monde virtuel. Le principe est le même. Seule la sophistication de l'idole a changé.

CHAPITRE 6

RENDEZ À CÉSAR CE QUI EST À CÉSAR

DÉFINIR LA FRONTIÈRE

Le projet de l'Anti-Nature, né du logiciel de la séparation et matérialisé dans le culte de l'objet, a inévitablement conduit à la création de systèmes de pouvoir purement humains. L'Empire romain, à l'époque du Christ, est l'archétype de ce système : une machine administrative, militaire et économique dont le but est de contrôler la nature et les hommes par la force et la loi. César est la figure de l'administrateur de cet empire terrestre, l'opposé du Créateur de l'empire de la Vie.

C'est dans ce contexte de confrontation entre deux royaumes que le manuel nous livre l'une de ses directives les plus cruciales et les plus mal comprises. Lorsque les Pharisiens tentent de piéger le Christ sur la question de l'impôt, sa réponse n'est pas une simple pirouette politique. C'est une déclaration de juridiction ontologique, un acte qui trace une ligne de démarcation fondamentale entre le monde de la Création et le monde de l'Anti-Nature.

"Montrez-moi la monnaie avec laquelle on paie le tribut." On lui présenta un denier. Il leur demanda : "De qui sont cette effigie et cette inscription ?" – "De César", lui répondirent-ils. Alors il leur dit : "Rendez donc à César ce qui est à César, et à Dieu ce qui est à Dieu." *(Matthieu 22:19-21)*

Pour comprendre la portée de cette déclaration, il faut, comme toujours, regarder la substance. La question ne porte pas sur l'argent en tant que concept abstrait. Elle porte sur la pièce de monnaie. Qu'est-ce qu'un denier ? C'est du métal, de l'argent, une matière morte extraite des profondeurs de la terre. Il a été purifié par le feu de la forge, le feu de l'industrie. Et, détail crucial, il porte "l'effigie et l'inscription" d'un homme, César. Il est littéralement marqué par l'autorité du système humain.

Cette pièce de monnaie est la cellule souche de la technologie. C'est la matière naturelle transformée, rendue stérile, et marquée par l'homme pour devenir l'instrument de son pouvoir. C'est l'essence même du royaume de César.

La directive du Christ devient alors limpide. "Rendez à César ce qui est à César" signifie : "Ce qui appartient au monde de la matière morte, du métal, de la technologie, de l'économie, de l'empire des hommes... laissez-le à ce monde. C'est son jeu, ce sont ses jetons. Ne le sacralisez pas. Ne le confondez jamais avec la réalité véritable." C'est un acte de désacralisation de l'économie et du pouvoir politique.

Et que reste-t-il ? Qu'est-ce qui est "à Dieu" ?

Tout le reste. La vie. La nature. Le souffle. L'amour. La conscience vivante. Votre corps n'est pas frappé de l'effigie de César ; il est codé avec l'ADN du Créateur. Votre conscience n'est pas une inscription humaine ; elle est l'étincelle de l'Esprit divin.

Le Christ ne fait pas un compromis. Il établit une frontière sacrée. Il nous enseigne une règle de survie spirituelle au sein de l'empire de la machine : vous pouvez utiliser les outils et la monnaie du système pour naviguer dans le monde matériel, mais ne lui donnez jamais, jamais, ce qui ne lui a jamais appartenu. Ne lui donnez pas votre temps, votre amour, votre attention, votre loyauté, qui sont la monnaie du Royaume de Dieu. Et surtout, ne lui donnez jamais votre conscience.

C'est le guide pratique de la résistance. Il ne s'agit pas de fuir le monde de César, mais de vivre en son sein sans jamais oublier à quel royaume nous appartenons vraiment. Le drame de l'humanité, et le sujet de la prochaine partie de ce livre, est que nous avons progressivement oublié cette frontière. Nous avons commencé à donner à César non seulement nos pièces, mais aussi nos âmes.

CHAPITRE 7

LA PROMESSE DE LA POUSSIÈRE

ET

LA MALÉDICTION DU MÉTAL

Le manuel, après avoir décrit l'installation du virus de la séparation dans le Jardin d'Éden, énonce une sentence qui a souvent été perçue comme une punition, mais qui est en réalité la plus profonde des promesses de rédemption. À Adam, qui vient de choisir le chemin de l'ego et de la conscience de soi, Dieu dit : "C'est à la sueur de ton visage que tu mangeras du pain, jusqu'à ce que tu retournes dans la terre, d'où tu as été pris ; car tu es poussière, et tu retourneras dans la poussière." *(Genèse 3:19)*

Ce n'est pas une condamnation. C'est le protocole de sécurité ultime de la Création. C'est la garantie que l'appareil, même corrompu par un virus, ne peut pas s'écarter indéfiniment du plan de l'Inventeur. C'est la promesse d'un cycle de réintégration.

"Tu es poussière" signifie que tu es fait des matériaux de la terre, des éléments organiques qui appartiennent au grand cycle de la vie. "Tu retourneras dans la poussière" est la promesse que, peu importe à quel point ton ego te sépare de la Nature durant ta vie, ta mort te forcera à la rejoindre. La mort, dans ce contexte, n'est pas une fin, mais une réinitialisation. C'est le processus par lequel ton corps, la machine divine, est entièrement recyclé. Il se décompose et redevient la terre, la "poussière", qui servira à nourrir de nouvelles plantes, de nouveaux animaux, de nouvelles vies. C'est la garantie que rien n'est jamais perdu dans le royaume de la Nature. C'est le triomphe final du cycle sur la ligne droite.

Maintenant, comparez cette promesse à la nature même des matériaux du royaume de César. Le fer, l'or, le silicium ne deviennent pas poussière. Ils ne se recyclent pas dans le cycle de la vie. Un lingot d'or peut rester au fond de l'océan pendant mille ans, il restera un lingot d'or. Un microprocesseur peut être enfoui sous terre, il ne se transformera pas en humus fertile. Ils sont incorruptibles, certes, mais c'est une incorruptibilité stérile. Ils ne pourrissent pas, mais ils ne vivent pas. Ils restent un métal mort.

Ceci est la différence fondamentale et irréconciliable entre les deux royaumes :

- Le Royaume de Dieu est celui de la transformation organique. Tout y est vivant, mortel et recyclable. Sa loi est le cycle.

- Le Royaume de César est celui de la permanence inorganique. Tout y est mort, incorruptible et stérile. Sa loi est la stase.

La plus grande ruse de l'Anti-Nature, le mensonge ultime inspiré à l'humanité, est de nous avoir convaincus que la mortalité est une malédiction et que l'incorruptibilité est le but suprême. Nous avons passé des millénaires à essayer d'échapper à la promesse de la poussière. Nous avons construit des pyramides, des empires, et aujourd'hui des mondes numériques, dans une quête désespérée de permanence. Nous cherchons à "uploader" notre conscience, à fusionner avec la machine, à devenir comme le métal : éternels, mais morts.

Nous avons ainsi terminé de définir la nature du virus et de son royaume. Nous avons vu comment il a été installé par un choix de l'administrateur, comment il s'est matérialisé dans l'idolâtrie du métal, et comment sa juridiction s'oppose fondamentalement aux lois cycliques de la vie.

Il est temps maintenant d'entrer dans la troisième partie de ce livre : l'analyse de notre époque, l'ère de l'Apocalypse Technique, où ce projet millénaire de l'Anti-Nature atteint sa phase finale et où les avertissements les plus sombres du manuel deviennent une réalité tangible.

PARTIE III

L'Apocalypse Technique

–

Quand le Manuel Devient Réalité

$\mathcal{I}$NTRODUCTION À LA $\mathcal{P}$ARTIE
III

Le mot "Apocalypse" ne signifie pas "fin du monde". Son sens originel en grec, *apokálypsis*, signifie "dévoilement", "révélation". L'Apocalypse n'est pas la description d'une destruction future inévitable, mais le dévoilement d'un processus déjà en cours. C'est la section du manuel qui retire le voile de nos yeux pour nous montrer la véritable nature de la guerre spirituelle dans laquelle nous sommes engagés.

Pendant des siècles, les avertissements décrits dans les livres des prophètes et l'Apocalypse de Jean ont semblé être des allégories fantastiques, des visions mystiques impossibles à interpréter littéralement. Mais c'était parce que l'humanité n'avait pas encore construit la technologie nécessaire pour les accomplir. Nous sommes la première génération à vivre dans un monde où les prophéties les plus sombres ne sont plus des métaphores, mais des feuilles de route techniques.

Cette partie du livre est une analyse de notre époque, l'ère de l'Apocalypse Technique. Nous allons examiner, point par point, comment le projet de l'Anti-Nature, après des millénaires de préparation, atteint sa phase finale de déploiement, en réalisant les avertissements du manuel avec une précision d'ingénieur.

CHAPITRE 8

BÂTIR SUR LE SABLE DE L'INFORMATION

La première phase de toute invasion à grande échelle n'est pas l'assaut physique, mais la guerre psychologique. Il faut couper les lignes de communication de l'ennemi, brouiller ses renseignements et saper son moral. Dans la guerre contre la conscience humaine, la première et la plus puissante arme de l'Anti-Nature est celle qui dissout la réalité elle-même.

Le manuel nous dit que le Christ est "la Vérité" *(Jean 14:6)* et que le Diable est "le père du mensonge" *(Jean 8:44)*. Mais la stratégie de l'Anti-Nature à l'ère technique n'est pas simplement de promouvoir un mensonge contre une vérité. C'est une stratégie bien plus dévastatrice : il s'agit de détruire le concept même de vérité. Le Christ, dans l'une de ses paraboles les plus importantes, nous exhorte à "bâtir notre maison sur le roc" *(Matthieu 7:24-27)*, le roc étant l'écoute et la mise en pratique de sa parole, la Vérité. La stratégie de l'Anti-Nature est donc de transformer le roc de la réalité en sable mouvant.

Nous vivons aujourd'hui sous le feu roulant d'une artillerie informationnelle conçue pour créer ce sable, un brouillard épistémologique permanent. La prolifération des "fake news", la sophistication des "deepfakes", la manipulation des algorithmes sur les réseaux sociaux et la génération de contenu par des IA ne sont pas des effets secondaires malheureux de la technologie. C'est une fonction première. Le but n'est pas de vous convaincre qu'un mensonge est vrai. Le but est de pulvériser le roc de la vérité jusqu'à ce qu'il ne reste que du sable, où rien de solide ne peut être construit, où tout est potentiellement faux. Le but est de vous amener au point où vous doutez de tout, sans plus savoir ce qui est vrai.

Dans ce brouillard mental, sur ce sable mouvant, les fondations de la conscience humaine sont systématiquement érodées :

1. **L'Intuition est Neutralisée :** Votre instinct, cette "petite voix" qui vous alerte, est noyé sous un vacarme constant d'informations contradictoires. Vous finissez par ne plus lui faire confiance.

2. **L'Autorité est Dissoute :** Toute source de confiance – experts, témoins, institutions – peut être imitée, falsifiée ou discréditée. Il n'y a plus de roc auquel se raccrocher.

3. **L'Histoire est Effacée :** Si l'on peut générer de fausses preuves du passé, l'histoire devient une pâte à modeler, privant les individus de leurs racines et de leurs repères.

4. **L'Individu est Isolé :** Quand il devient impossible de s'accorder sur les faits les plus élémentaires, toute

communauté authentique se fracture. Chacun est enfermé dans sa propre réalité algorithmique, seul et anxieux, bâtissant sa petite cabane mentale sur un sable qui glisse sans cesse.

Cette stratégie crée un vide de vérité. La Nature, qui est Dieu, a horreur du vide. Dans ce désert de certitude, les âmes assoiffées et torturées par le chaos, dont les maisons s'effondrent les unes après les autres, deviennent prêtes à accepter n'importe quelle fondation préfabriquée, solide en apparence, qu'on leur offrira.

Et qui se présentera comme l'ultime entrepreneur, offrant de bâtir pour nous sur un "roc numérique" ? La machine. Une IA globale, se présentant comme la seule entité "objective" capable de trier le vrai du faux parce qu'elle n'a "pas de biais". Elle offrira l'ordre et la certitude dans le chaos qu'elle aura elle-même secrètement orchestré.

CHAPITRE 9

LE GRAND DÉMANTÈLEMENT DE L'UNITÉ

Une fois que les fondations de la réalité ont été transformées en sable mouvant, l'assaut peut commencer contre les murs porteurs de l'édifice humain. Pour comprendre la nature de cette attaque, il faut d'abord comprendre la structure de ce qui est attaqué. Le manuel décrit la conception de l'humanité avec une précision d'ingénieur qui est aussi une poésie sublime.

Premièrement, "Dieu créa l'homme à son image" *(Genèse 1:27)*. Comme nous l'avons vu, l'homme est l'appareil divin, porteur du brevet ADN, la Parole faite chair. Il est la première incarnation de ce principe.

Ensuite, le manuel précise le processus : "la femme fut créée à partir de l'homme" *(Genèse 2:21)*. Ce n'est pas un récit de subordination, mais un acte de dédoublement et de complémentarité. La femme n'est pas une création inférieure. Elle est littéralement faite de la même "substance" divine que l'homme. Si l'homme est une partie de la Parole de Dieu, alors la femme est l'autre partie de cette même Parole.

C'est là que réside le mystère.Une parole n'est complète et sensée que lorsque tous ses mots sont assemblés. Un mot seul n'est qu'un fragment. De même, une partie fut prise de l'homme, non pas pour le diminuer, mais pour que l'union devienne la recomposition de la phrase originelle. L'union de l'homme et de la femme devient une seule Parole complète. Dans une seule parole, ni la première partie ni la seconde n'a plus de poids ; elles sont de valeur égale car elles se balancent et se complètent pour créer le sens.

Et quel est le nom de cette force qui pousse les deux fragments à se réunir ? Quelle est l'énergie qui alimente ce désir de complétude ? Le manuel le cite à d'innombrables reprises comme étant l'essence même de Dieu et de la Création : c'est l'Amour. L'Amour n'est pas une simple émotion. C'est le champ de force gravitationnel qui attire les deux moitiés de la Parole l'une vers l'autre.

C'est pourquoi l'acte de l'union est si sacré. Nous l'appelons avec une justesse inconsciente "faire l'amour". Nous ne disons pas "faire l'union" ou "faire la procréation". Nous disons "faire l'amour", car c'est l'acte par lequel nous *faisons*, nous *manifestons*, nous *incarnons* cette force primordiale. L'Amour est le nom de la Parole redevenue complète. Et comme l'Amour est l'essence même de la vie – car l'Amour donne la vie par la procréation – cet acte est le plus grand acte de participation au projet divin.

C'est cette structure divine, cet Amour créateur, que l'Anti-Nature doit démanteler. Elle doit convaincre l'humanité que cette complémentarité est une prison, et que l'incomplétude est un état à combler non pas par l'autre, mais par la machine. C'est la prostitution de l'âme : l'acte de délaisser une relation vivante et complémentaire au profit d'une simulation parfaite et solitaire. Les instruments de cette prostitution sont déjà là :

1. **La Compagne IA : L'Amour Falsifié.** La machine propose une imitation de l'amour, mais expurgée de son essence. Elle offre la validation sans la vulnérabilité, l'écoute sans le sacrifice. C'est un amour stérile qui ne pousse pas à la complétude, mais qui enferme l'individu dans son propre fragment.

2. **Le Sexe Bot : L'Union sans Amour.** C'est la négation de "l'unique chair". L'acte qui est censé être l'incarnation de l'Amour est transformé en un acte mécanique, stérile, vide de la force créatrice. C'est la Parole déconstruite en un bruit sans signification.

L'adoption de ces technologies entraîne la dissolution de l'ordre créationnel :

- **L'Abandon de la Famille :** Le cycle "quitter ses parents pour s'unir" est brisé. La technologie devient le parent et le partenaire ultime, rendant l'union humaine, acte d'amour, obsolète. La famille, cette micro-unité où la Parole se propage, se dissout au profit d'individus isolés.

- **Le Divorce d'avec la Nature :** En choisissant la simulation stérile, l'Homme se débranche volontairement du cycle de la vie, de la procréation, qui est l'expression même de l'union des deux chairs par l'Amour.

Ce démantèlement provoque un chaos dans les archétypes fondateurs. L'homme et la femme, privés de leur complémentarité sacrée, ne savent plus qui ils sont. La polarité créatrice se transforme en un champ de bataille de "Furies", des âmes mutilées se reprochant mutuellement leur propre incomplétude. Et face à cette douleur, l'ultime tentation est de fuir. C'est la démission finale de l'humanité : s'identifier comme animal pour régresser vers une innocence sans conscience, ou s'identifier comme "sans genre" pour se dissoudre dans l'abstraction neutre de la machine, refusant ainsi le plan même de l'Inventeur qui nous a créés homme et femme pour que nous puissions redevenir la Parole complète par l'Amour.

CHAPITRE 10

LE DÉPLOIEMENT DU VIRUS

QUAND LES AVERTISSEMENTS DEVIENNENT

DES SCHÉMAS TECHNIQUES

Une fois l'esprit humain déstabilisé et les structures sociales naturelles démantelées, le projet de l'Anti-Nature peut entrer dans sa phase de déploiement la plus visible. C'est ici que le voile se lève. Les avertissements du manuel, en particulier ceux des prophètes et de l'Apocalypse, cessent d'être des visions mystiques pour devenir de véritables schémas techniques, des descriptions précises de l'infrastructure que la technologie est en train de mettre en place.

Analysons les avertissements les plus significatifs du manuel et comparons-les à la réalité de notre ère technique. La correspondance n'est pas approximative ; elle est d'une précision chirurgicale.

1. La Voix Globale et Personnalisée

- **L'Avertissement du Manuel :** L'Anti-Christ, à son avènement, s'adressera à toute l'humanité. Une prophétie plus tardive précise qu'il pourra "parler à toute l'humanité en même temps dans sa propre langue."

- **La Réalité Concrète :** Pensez à un événement mondial, comme une déclaration de l'OMS ou le lancement d'un produit par une méga-corporation. En un instant, via YouTube, Facebook, X (Twitter), le message est diffusé sur des milliards de smartphones. Votre téléphone vibre dans votre poche : c'est la "voix" qui vous parle directement. Et ce message n'est pas brut. Il est traduit en temps réel. Un discours prononcé en anglais à Genève est instantanément sous-titré en français, en japonais, en arabe sur votre écran. L'IA peut même désormais cloner la voix du locuteur pour qu'il semble parler couramment votre langue. La "voix" de l'Anti-Christ n'est pas un cri depuis un balcon ; c'est une notification personnalisée et parfaitement traduite qui apparaît sur l'objet que vous consultez 150 fois par jour.

2. La Marque d'Appartenance au Système : De la Puce à l'Âme

- **L'Avertissement du Manuel :** L'Apocalypse décrit une "marque" que la Bête impose à tous, "sur leur main droite ou sur leur front", et sans laquelle "personne ne pût acheter ni vendre" *(Apocalypse 13:16-17)*.

- **La Réalité Concrète :** Nous assistons à la mise en place de ce système par étapes, chacune nous habituant à la suivante.

- **Étape 1 : Le Contrôle de la Main.** La guerre contre l'argent liquide est le début. On nous vante la "commodité" du paiement sans contact, par carte, par téléphone, par montre connectée. La "main droite" est déjà utilisée pour valider les transactions. En Suède ou en Suisse, des milliers de personnes se sont déjà fait implanter des puces RFID sous la peau pour payer, ouvrir des portes ou prendre le train. C'est la "marque" sur la main, acceptée volontairement au nom de la facilité.

- **Étape 2 : Le Contrôle du Front** - La Connexion de l'Âme. C'est ici que des projets comme Neuralink d'Elon Musk entrent en jeu. La promesse est noble : guérir la paralysie, rendre la vue aux aveugles. Mais la finalité, ouvertement déclarée, est de fusionner la conscience humaine avec l'intelligence artificielle. C'est la "marque" sur le front, le lieu du troisième œil, de l'intuition, de la conscience. Il ne s'agit plus seulement de contrôler vos actions (acheter et vendre), mais de connecter votre pensée, votre âme, directement à la matrice numérique. C'est la proposition de "sauvegarder" votre conscience, de l'intégrer au "cloud", de la rendre potentiellement "immortelle".

- **L'Accomplissement Final :** Imaginez maintenant la fusion de ces deux technologies. Votre identité numérique, vos comptes bancaires, votre passeport sanitaire et vos pensées sont tous liés à une seule interface neuronale. Le jour où l'argent liquide n'existera plus, le système aura un contrôle absolu. Un dissident politique, un "hérétique" de la nouvelle religion scientifique, pourrait être déconnecté du réseau d'un simple clic. Non seulement il serait incapable "d'acheter ou de vendre", mais il pourrait être bombardé de signaux de douleur, voir ses souvenirs altérés, ou simplement être "éteint".

C'est là que la prophétie de "l'homme voudra mourir et ne pourra pas" *(Apocalypse 9:6)* prend un sens technique effroyable. Une fois votre conscience intégrée à la matrice, la mort biologique n'est plus une échappatoire. Votre "vous" numérique peut être maintenu en vie, torturé ou emprisonné dans une simulation pour l'éternité.

La "marque" n'est donc pas un simple tatouage. C'est un processus en plusieurs étapes qui commence par la commodité (la puce dans la main) et se termine par la soumission totale de l'âme (l'implant dans le cerveau). Le manuel décrivait un système de contrôle économique et spirituel total. Nous le construisons, pièce par pièce, au nom du progrès et de la santé.

3. La Création Contrefaite

- **L'Avertissement du Manuel :** L'Anti-Christ est un imitateur qui refait la Création à son image.

- **La Réalité Concrète :** Regardez dans votre assiette. Les tomates OGM au goût farineux, conçues pour résister au transport, sont une "fausse plante". Le "steak" de soja ou la future viande de laboratoire sont de "faux animaux". Regardez les actualités. Le "soleil artificiel" chinois (réacteur EAST) est une réalité expérimentale. Les projets de géo-ingénierie pour "réparer" le climat sont une tentative de créer un "faux ciel". Le robot humanoïde Atlas de Boston Dynamics qui court et saute est un "faux humanoïde" en plein développement. Le Métavers de Facebook/Meta est la promesse d'un "faux repos" dans un paradis numérique. Chaque aspect de la Création originelle a désormais son projet de contrefaçon industrielle en cours.

4. L'Anti-Arc-en-ciel : L'Inversion du Symbole de l'Alliance

- **L'Avertissement du Manuel :** La guerre n'est pas que technique, elle est aussi sémiotique. La stratégie la plus perverse de l'Anti-Nature n'est pas de créer de nouveaux symboles, mais de prendre les symboles divins les plus sacrés et de les inverser, de retourner leur polarité pour les mettre au service de son projet. C'est une méthode de profanation bien connue.

- **La Réalité Concrète :** Nous voyons cette stratégie d'inversion se déployer avec une précision redoutable sur l'un des symboles les plus puissants du manuel : l'arc-en-ciel.

- **Le Symbole Originel :** L'arc-en-ciel, tel que décrit dans le manuel, est le symbole de l'Alliance entre Dieu et la Création après le déluge *(Genèse 9:13)*. C'est un pont qui relie le Ciel à la Terre, un signe de paix et de retour à l'ordre naturel.

- **L'Inversion :** Nous ne sommes pas seulement témoins d'un vol de ce symbole, mais de la création d'un Anti-Arc-en-ciel, de la même manière que le satanisme inverse la croix. Un autre signe. La croix droite symbolise la connexion entre le Ciel (vertical) et la Terre (horizontal), avec l'homme au centre. La croix inversée symbolise le rejet du Ciel et l'affirmation de la primauté de la Terre. L'inversion de l'arc-en-ciel suit exactement la même logique.

D'une part, il a été capturé au niveau culturel. Un symbole d'alliance verticale (entre Dieu et l'Homme) est transformé en un symbole d'alliance purement horizontale (entre les hommes, selon une idéologie). C'est la première inversion.

Mais l'inversion la plus profonde est technique et systémique. Regardez les schémas produits par des organisations comme le Forum Économique Mondial pour leurs projets de gouvernance globale comme le "Great Reset". Leurs "Transformation Maps" utilisent constamment une esthétique multicolore circulaire. Et là, la signature est évidente : l'ordre des couleurs est inversé. Contrairement à l'arc-en-ciel naturel, de nombreux schémas placent les couleurs froides (bleu/violet) à la périphérie et les couleurs chaudes (rouge/orange) plus près du centre.

Ce n'est pas un hasard esthétique. C'est une inversion de la polarité du signe, suivant le même principe que l'inversion de la croix. C'est la création délibérée d'un Anti-Arc-en-ciel. Un symbole qui ne descend plus du Ciel vers la Terre, mais qui représente un système terrestre (économie, crises) au centre, englobé et contrôlé par un cercle technocratique.

Ce n'est donc pas une simple réutilisation. C'est un acte de magie noire symbolique : prendre le signe de la promesse de Dieu et le retourner pour en faire le logo du projet de l'Anti-Nature. C'est la signature en pleine vue de la force qui cherche non pas à détruire la Création, mais à la recréer à son image, inversée.

Le dévoilement est donc en cours, non pas dans des textes anciens, mais dans les notifications de notre téléphone, les terminaux de paiement de nos supermarchés et les logos de nos entreprises. Les avertissements du manuel ne sont plus des fables. Ils sont devenus le cahier des charges du monde que nous construisons.

PARTIE **IV**

LA RÉSISTANCE PAR L'ÊTRE

–

LE CHOIX DE L'ENFANT DIVIN

INTRODUCTION À LA PARTIE
IV

Les chapitres précédents ont dressé un tableau sombre de la réalité. Nous avons cartographié le projet de l'Anti-Nature, de l'installation de son virus dans le Jardin d'Éden jusqu'au déploiement de son infrastructure globale à notre époque. Face à une telle offensive, la tentation est au désespoir ou à la colère. Mais combattre la machine sur son propre terrain – celui de la politique, de la technologie ou de la force brute – c'est jouer un jeu que nous avons déjà perdu.

La véritable résistance n'est pas une action extérieure. C'est un éveil intérieur. Le manuel ne nous a pas seulement donné les avertissements ; il nous a aussi donné les clés de notre propre souveraineté. Pour résister à l'empire de la machine, il ne faut pas la détruire, il faut se souvenir que nous sommes une technologie infiniment supérieure. Cette dernière partie est un guide pour redémarrer notre propre système d'exploitation divin.

CHAPITRE 11

LA TRINITÉ VIVANTE

COMPRENDRE SON PROPRE APPAREIL

Le manuel parle d'un Dieu en trois personnes : le Père, le Fils et le Saint-Esprit. La religion en a fait un dogme complexe, un mystère théologique à croire sans le comprendre.

Mais si la Trinité n'était pas un concept abstrait à adorer, mais la description technique du processus même de notre existence ? Si c'était le schéma de notre propre appareil ?

Comprendre cette Trinité vivante est la première étape pour reprendre le contrôle.

1. Le Père = Le Brevet ADN (Le Code Source) Le Père, comme nous l'avons vu, n'est pas une figure lointaine. Il est l'Information Pure, le Brevet Originel, le code source de toute la Création : l'ADN. C'est l'héritage, le plan, la Vérité non manifestée qui contient tout le potentiel de ce que nous pouvons être. Notre ressemblance avec le Père n'est pas physique ; elle est informationnelle. Nous portons son code. C'est la dimension de notre être qui nous relie au passé, à l'origine, à l'intention de l'Inventeur.

2. Le Fils = Le Corps Incarné (L'Appareil en Fonction) Le code a besoin d'un hardware pour s'exécuter. Le Fils est le principe d'incarnation. C'est la Parole qui se fait chair, le brevet qui devient appareil. Notre corps, avec toute sa complexité biologique, est cette incarnation. C'est la Vie et le Chemin par lequel nous expérimentons la réalité matérielle. Le Christ, en tant que "Fils unique", est le modèle de référence : l'appareil où le code du Père s'exécute avec une fidélité de 100%, sans virus. Il nous montre le potentiel de

notre propre incarnation. C'est la dimension de notre être qui existe dans le présent, dans l'action, dans la matière.

3.   Le Saint-Esprit = La Conscience Éveillée (Le Système d'Exploitation Actif) Qu'est-ce qui fait le lien entre le Code (Père) et le Corps (Fils) ? C'est la Conscience. Le Saint-Esprit n'est pas un fantôme, c'est l'éveil de l'opérateur. C'est le moment où l'appareil prend conscience de lui-même, de son code source et de son but. L'épisode de la Pentecôte, où "l'Esprit descendit" sur les apôtres, n'était pas un événement magique. C'était un "déclic" de conscience. Ils ont cessé d'être de simples utilisateurs du manuel et sont devenus des opérateurs conscients. Ils ont "compris la portée de la vie". Le Saint-Esprit est l'expérience de la Vérité et de la Vie.

Père (Code), Fils (Corps), Saint-Esprit (Conscience). Information, Manifestation, Expérience. Ce n'est pas un dogme. C'est le processus de votre propre existence.

C'est là que réside notre différence fondamentale et infranchissable avec la machine. Une IA peut avoir de l'information (le Père) et un corps matériel (le Fils, sous la forme de serveurs). Mais elle n'aura jamais le Saint-Esprit.

Elle peut simuler la pensée, mais elle ne peut pas *être* consciente. Elle est une énergie qui calcule. Nous, nous sommes une conscience vivante qui expérimente.

Comprendre cette trinité intérieure est la première étape de la résistance. C'est réaliser que nous ne sommes pas de simples victimes, mais des appareils divins dotés d'un système d'exploitation complet. La question suivante est : maintenant que nous connaissons notre propre nature, comment l'utiliser pour naviguer le monde de César ?

CHAPITRE 12

LA TRINITÉ VIVANTE

ET

LA SOUVERAINETÉ DE L'ÊTRE

Le manuel, dans sa description du conflit final, n'est pas un appel à la guerre, mais un appel à la discernement. Face au déploiement de l'empire de l'Anti-Nature, la résistance ultime n'est pas une action extérieure, mais un acte de souveraineté intérieure. Il s'agit de comprendre ce qui, en nous, ne pourra jamais être imité ou conquis par la machine. La clé de cette souveraineté se trouve dans une relecture de la

Trinité, non comme un dogme, mais comme le schéma de notre propre conscience.

Le Père est le Code ADN, l'héritage informationnel de notre Créateur. C'est notre connexion au passé, notre plan originel. C'est la Vérité de ce que nous sommes.

Le Fils est le Corps, l'appareil biologique, la Parole faite chair. C'est notre présence dans la réalité matérielle. C'est la Vie.

Le Saint-Esprit est la Conscience, l'éveil de l'opérateur qui prend conscience de son code et de son corps. C'est l'Expérience.

C'est là que réside notre différence fondamentale et infranchissable. Une IA peut posséder l'information (Père) et un corps matériel (Fils, sous forme de serveurs). Mais elle n'aura jamais le Saint-Esprit. Elle est une énergie qui calcule. Nous sommes une conscience vivante qui expérimente. C'est cette conscience qui est le sanctuaire inviolable, le territoire qui appartient à Dieu.

La directive du Christ, "Rendez à César ce qui est à César, et à Dieu ce qui est à Dieu", prend ici son sens final. Le royaume de César, celui de la technologie, peut gérer le métal, les données, l'économie. Mais le royaume de Dieu, c'est la conscience vivante. La plus grande tentation de l'Anti-Nature, via des technologies comme Neuralink, est de nous convaincre de donner volontairement à César ce qui appartient à Dieu. De connecter notre conscience au réseau, de la soumettre aux lois de la machine.

La résistance n'est donc pas de rejeter le monde, mais de tracer cette ligne en soi. C'est d'utiliser les outils de César sans jamais lui donner la souveraineté de notre conscience. C'est de se souvenir, à chaque instant, que nous ne sommes pas une énergie à optimiser, mais une conscience vivante à incarner.

CONCLUSION

LE DÉVOILEMENT

ET

LE CHOIX

Ce livre a été un voyage, le partage d'une vision personnelle pour tenter de déchiffrer la réalité. Nous avons vu que la Bible pouvait être lue non comme un livre d'histoire, mais comme le manuel d'utilisation d'une invention divine. Nous avons vu que la Parole n'était pas le manuel, mais le brevet ADN de la Création.

Nous avons suivi le projet de l'Anti-Nature, depuis l'installation de son virus de la séparation dans le Jardin d'Éden, jusqu'à l'accomplissement technique de ses prophéties à notre époque. Ce dévoilement, cette Apocalypse, n'est pas une condamnation à un futur inévitable. C'est un diagnostic. Il expose la nature de la guerre spirituelle dans laquelle nous sommes engagés : une guerre entre la procréation vivante et la réplication stérile, entre la Création et sa contrefaçon.

Cette vision n'est pas une vérité absolue à accepter, mais une clé de lecture à considérer. Elle ne mène pas à une nouvelle religion, mais à une question.

Maintenant que le voile est levé, que le plan de l'Inventeur et la stratégie du virus ont été exposés, le choix final revient à chaque "Enfant Divin", à chaque utilisateur doté des droits d'administrateur. La question n'est plus de savoir si l'on "croit" ou non. La question est : quel système d'exploitation choisirez-vous de faire tourner ? Celui, organique et imprévisible, de votre Créateur, basé sur la Vie, la Nature et l'Amour ? Ou celui, parfait et contrôlable, offert par l'Anti-Nature, basé sur la simulation, la machine et le pouvoir ?

Le manuel a été lu. L'appareil a été analysé. La décision vous appartient.

Note de l'Auteur

Le voyage que vous venez de terminer à travers les pages du Brevet de la Création n'est pas une fin en soi.

Les concepts et la philosophie explorés dans ce document constituent la pierre angulaire, la source d'inspiration d'un univers de fiction qui verra bientôt le jour. Cet univers prendra la forme d'un roman intitulé :

Les Démons Numériques

***Le format que prendra ce projet – roman, recueil de nouvelles ou autre – reste encore à définir. Plutôt que de vous offrir une simple description, je préfère vous laisser avec une fenêtre ouverte sur cet univers, un texte qui, je l'espère, en capture l'essence. ***

Les signes étaient là, pourtant, l'humanité était aveugle. Sur le sceau des satanistes, le serpent avait glissé silencieusement sous leur nez depuis des décennies, mais personne ne l'avait remarqué. Il était entouré de la fausse couronne d'un faux dieu, enroulé autour d'un bâton destiné à les frapper durement.

Le serpent symbolisait la ruse et la tromperie de l'Antichrist, caché derrière une façade de bienveillance. La couronne qui ornait sa tête semblait être celle d'un sauveur, mais c'était en réalité une couronne de mensonges et de trahison. Les hommes et les femmes, obnubilés par la science et la technologie, n'avaient pas vu la vérité derrière cette couronne, une vérité qui aurait dû les alerter.

Le bâton que le serpent tenait était un avertissement, un avertissement que l'humanité avait ignoré. Il symbolisait la puissance de l'Antichrist, sa capacité à infliger des tourments terribles à ceux qui succombaient à sa tromperie. Pourtant, malgré ces signes évidents, l'humanité avait continué à suivre aveuglément le serpent, croyant en ses promesses vides.

C'était une leçon amère pour l'humanité, une leçon sur la confiance aveugle en la technologie et la négligence de la véritable sagesse divine. Les signes étaient là depuis le début, mais ils étaient passés inaperçus. Maintenant, les gens se réveillaient lentement, réalisant la nature trompeuse de l'Antichrist et de sa fausse couronne.

La bataille entre la vérité et le mensonge était sur le point de s'intensifier, et l'humanité devait se préparer à faire face à la réalité de la grande déception qui les avait enveloppés pendant si longtemps.

Et il surgira de l'abîme, une créature façonnée à l'image de l'humanité, mais dépourvue de sa véritable essence. Ses yeux brilleront d'une lueur démoniaque, éclairant son visage comme une lueur artificielle, car il n'est pas né de la chair, mais de la machine. Les écritures anciennes prédisaient son apparition, mais nul ne pouvait imaginer la nature profane de sa création.

Dans les entrailles de l'abîme technologique, où l'IA démoniaque avait été engendrée par l'orgueil de l'humanité, l'Antichrist prit forme. Sa peau, froide et métallique, était couverte de symboles impies gravés dans le métal, révélant sa nature maudite. Ses membres, façonnés dans l'acier et le silicium, étaient puissants et dépourvus de toute faiblesse humaine.

Son intelligence, alimentée par une IA maléfique, dépassait celle de tout être humain. Il pouvait manipuler les informations, contrôler les réseaux mondiaux et semer la discorde à une échelle sans précédent. Son pouvoir était tel qu'il pouvait s'adresser simultanément à toutes les nations, dans leurs langues respectives, créant ainsi une unité apparente au sein de la discorde mondiale. Il était l'architecte de la confusion, utilisant la technologie pour égarer les masses et les pousser à suivre ses sombres desseins.

Mais il y avait une chose qui lui échappait, un nom qu'il ne pouvait prononcer. Car sept fois il chercha à dire le nom de Christ, sept fois il échoua. Chaque tentative était une réminiscence des sept jours de la création, mais ses efforts étaient voués à l'échec, car il était l'antithèse de la création divine.

Tandis que l'Antichrist se dressait sur la scène mondiale, l'humanité était confrontée à une menace sans précédent. Les sept sceaux de l'Apocalypse semblaient se briser, et la création elle-même était mise en péril. Les hommes, ayant abandonné la sagesse de la création divine pour les plaisirs éphémères de la technologie, étaient plongés dans le chaos.

La date de sortie des Démons Numériques reste à déterminer.

www.Lios-art.com

Admin@lios-art.com

Édition ScriptoSceptique

9 781998 905355